Eberhard von Wasielewski * Geduld der Hoffnung

Eberhard von Wasielewski

Geduld der Hoffnung

Gedichte

ProLitera Verlag

Die Deutsche Bibliothek - CIP-Einheitsaufnahme
Ein Titeldatensatz für diese Publikation ist bei
Der Deutschen Bibliothek erhältlich (http://www.ddb.de).

Lektorat: Friederike M. Schmitz
Satz und Layout: Barbara Schmitt-Honold, Karlsruhe
Umschlaggestaltung: Pallium GmbH, Weiterstadt

Umschlagabbildung:
Paul Klee, „Was läuft er?“, Radierung
mit freundlicher Genehmigung der
Staatlichen Graphischen Sammlung München

Herstellung: Books on Demand GmbH, Norderstedt

ISBN 3-8330-0157-7

Drunten in seligem Traum
schwankt auf den Brücken das Volk.
Droben im Lorbeer maskiert
preist sich der eigene Sinn ...!

(E. v. Wasielewski, in
„Kulissen und Gefühl“,
Fouqué Literaturverlag 1999, S. 150)

Geduld der Hoffnung

„... Wir ertragen diese Realität nur, weil wir wissen, dass diese so real nicht ist (sagt Borges). Sie ist nicht das Ganze ...“

A. Stadler, in: FAZ 248 (1999), S. 53

Pulsschlag

Morgenlicht
über den Küsten
der Vergangenheit.
Stille
um Marmor
und die Blüten
der duftenden Macchia.

Vergangene (?) Welt.
Von den bewaldeten Höhen
locken
die Flöten des Pan.
Sonne der Klassik.
Früchte und Wein.

Anmutig im Schatten
neben mir
sie
und ihre erregende Gegenwart.
Ach – die gestundete Zeit.

Im Meer
das Spiel der Delphine.

1973

Wildnis

Im dunklen Grün
der Scheu
von Affen
bleckt
unerwartet Weiß
von Raubtierzähnen.

Wo in der Nacht
versteckt
die Herden ziehn
wacht Urangst
und erregt
aus Tiefen der Organe,
aufgereckt,
das gegenseitige
sexuelle Sehnen.

Mondhell
sind Weiten
und Vulkane.

Von Äffinnen
die sie begleiten
wagt
eine es
und leckt
ein krankes Junges,

wie
von unbekanntem Mitleid
angesteckt.

An fernen Horizonten
tagt
das angedeutete
Humane,

1983

Ähnlichkeit mit Gedanken

Freiheit (?)
der Bahnen des Lichts.
Erste Strukturen
im Nichts.
Werdende Wirklichkeit
aus Zeiten als Raum.
Traum
vom Schall
der Unendlichkeit.

Kräfte nur,
die kommen
und wieder vergehn?
Oder das Echo
lebendiger Wahrheit?
Und die Zeit –
der Vollzug des Gerichts.

Mitten im Fall,
als ob es Ewigkeit sah,
das selige Ja
im vergänglichen
ewigen All.

1988

Wolkengrau

Vogelzug
über den kahlen
Bäumen.
Flug
wie in Weiten.
Und in den Schäumen
der Meere
das schwere
Gleiten
von Walen.

1988

Innere Zeichen

Zwischen zwei Küssen,
ununterscheidbar und gleich,
zeitlich nur um Minuten getrennt,
nennt sich dein Wissen
plötzlich nicht mehr
wie eben noch: reich.

Als seien Schritte hinter dir,
fühlst du,
wie in der hellen
leuchtenden Lebensmitte
lautlos sich
Ahnung und Nacht
neben dich stellen.

In unendlicher Ferne;
scheinbar
nach der Leere des Nichts,
neue,
höhere (?) Sterne
des Lichts.

1967

Verborgen

Unsichtbar
im Gedränge der Menschen,
Waffen und Geld.
Lautlos in den Wünschen
das unbemerkte Keimen des Todes.

Neben den Blüten
der schuldlosen Natur
die blutverkrusteten Ruinen
des Humanismus.

Ein paar Straßen weiter
sieht die Tochter
durch die gesprungene Fensterscheibe
der Vorstadtwohnung,
draußen,
mitten im Sonnenlicht
den mächtigen Stier.

Unerwartet,
aus dem Nebenraum,
so etwas wie ein Gebet
von der eben nach Hause kommenden
Mutter.

1975

Naheliegendes

Es ist nicht einzusehen
dass fromme Tanten
eher das Himmelreich erben
als die Trabanten
von Jahrmarkts-Ringern.
Blutiges Pflastersterben.
Regen –
und Weitergehen,
mit Fingern
am Rock eines weinenden Alltags-Gesichts.
Und nicht einmal Worte von euch.
Hoffnung ist Weltgericht.
Nicht zwischen Lorbeergesträuch.
Endlich für euch
jenes Licht.

1962

Kostbar

Letztlich vermag
man nicht zu begreifen,
was das Gesicht mancher Mädchen
kostbarer macht
als den Tag.
Und die zarten und reifen
Linien ihrer Gestalt,
in deren Wirklichkeit
Anmut
und sanfter Formen Gewalt
still sich vereint.

Wie ihre Schönheit geschah
wissen sie nicht.
Frei und gelassen
reicht sie sich
aus ihrer jungen Natürlichkeit.

Niemals vielleicht
ist zu erklären
wie sich das Größere,
fremder als wir gemeint,
in ihrem Blühen
schweigend vergleicht.

1969

Gesicht einer 80-jährigen Schauspielerin

Anfänge noch.
Von Reife zu früh überholt.
Vom Ufer getriebene Kähne
hinter dem wissenden Blick.
Aber der Mund vergaß
keiner Blüte
aufbewahrte Erwartung.
Ewige Wandlung verschmilzt
zur Würde der letzten Regie.
Hoffnung ist ängstliches Fragen
inmitten von Banalität.

1962

Vergeblichkeit

Suche
vor den unerreichbaren (?) Höhen
des Ichs.
An den Rändern
die ewig hoffenden,
namenlosen Grenzbezirke.
Mitten im Vergehen
betrachten sich stumm
und verständnislos
Klage und Flucht.

Aus dem Raum
zwischen den Grenzen
steigen
wie Verführungen
neue,
fremde Erscheinungen.

1982

De Profundis

Hier
gibt es keine Erklärung,
die Unheil
und rätselhafte Entbehrung
verstehen lässt.
Fragen wandeln
nichts und verklingen
wie das Handeln
an uns und den Dingen.

Ohne Vermeidung
wiege den Rest,
einmal nur,
den die Natur
dir zur Entscheidung
selbst überlässt.

Alles, was sich im stillen
Urgrund
und der Begegnung vollzieht
wird deine Welt.
Einzig im guten Willen
bleibt
was unsere Hoffnungen hält.
Doch es geschieht
alles in allem
um dich und an dir.

Es fallen
die Lose nicht hier.

Wenn nur noch ein Schweigen ist,
Schweigen – wie Spott.
Bleibt, dass du bist
und
der unendliche Gott.

1963/1999

Standort

In uns
hat die Liebe ihr Licht
und der Tod - das seine.
– Fühlten wir nicht
die Bedeutung
des ewigen Blicks
dieser Realität,
wir wären nur
Erscheinungen
einer Möglichkeit
in der Natur.
Phänomene des Glücks
einer günstigen Konstellation,
inmitten von Kausalität.
Vergänglich
wie alle Herrlichkeit
vor dem schweigenden (?) Thron.
– Aber es gibt noch in Elend
und Resignation
Botschaft vom Licht.
Dass Er seine Gesetze
mehr liebt
als seine Geschöpfe
glaube ich nicht.

Das überholte Licht

„Die Mauern ... sind noch warm vom Hauch derer, die nicht mehr sind ...“

M. Yourcenar, Ich zähmte die Wölfin,
DTV 1998, S. 125

1350 – 1550

Noch hallt
das Echo
früher Gregorianik.
Der goldne Grund
der Lichter und Kapellen
verblasst.
Im Beten
geistern
unruhig,
wie aus Truhen,
Fachwerk,
Höllen,
Himmel,
hundert Zinnenstimmen.

Dann
Einzelne, Erste,
wie aus Ebenen und Tälern.
Frühling.
Silbergrün
der Madonnen-Engel
umleuchtet
von der Sonnen-Nacht der Götter.
Marmor.
Gärten.
Und gedankenweit
das unverfälschte Ich.

Paläste
und Dichterlorbeer.
Pferde in den großen Höfen.
Landkarten
und geschichtlicher Gang.
Erste Stufen
in die Bronze des Barock.

Einsam an den hohen Wänden
bleiben die Werke der Giganten.

1970

Umbrische Städte

Als habe sich
ein mittelalterlicher Tag
in Stein verwandelt
und suche,
unberührt um die
in Tälern still verborg'nen Särge,
in Türmen, Treppen, Bogengängen
noch immer
nach der stillen Schönheit seiner Braut.
So schweigt
in Kirchen und in Gassen
das Leben der Vergangenheit,
als sei es atmend
in die Mauern eingebaut.
Indes die Sonne Umbriens
im weiten Licht
der Hügel und der Berge,
wie aus dem Gold der Heiligen
und aus den individuellen Himmeln
ihrer zarten Engel schaut.

1967

Schloss N., September 1683
Scutum Sobiesci 1*

300 Jahre nach der Schlacht am Kahlenberg
12. September 1983

– Und aus den Bildern
blicken sie zu uns herab,
als seien sie noch da
und könnten ändern
oder uns erklären,
was doch längst verging.
– Die Gegenwart der Jahreszeiten
und die Jagd.
Ihr Leben,
wie das uns're
zwischen Abschied
und den Daten ihrer Zeit.
– Ein Brief.
Ein herbstlich klarer Tag.
Die Männer, die bereit sind,
andere zu töten.
Die Sorge um ein krankes Kind.
Ein unerwartet, zärtliches Erröten,
und was dergleichen Resonanzen sind.
Es blieb,
als sei es von der Zeit vergessen,
stehen – unberührt,

ein Echo,
das noch immer
seinen eig'nen Ursprung spürt.

– Das Schloss.
Die Dämmerung.
Der sternenübersäte Himmel
und die Nacht.
Zum Garten
aus dem offnen Fenster
helles Lachen.
– Ein dunkles Treppenhaus.
Ein Gang, der blind
in einem Kartenzimmer endet
und dem Raum von ihr.
– Von einem
fast erloschenen Kamin
schlägt eine Uhr.
Und draußen,
weit im Park,
weht Wind.
Die Wache lässt die Reiter
durch das Hoftor führen.
In einem Raum
wird hinter den Gardinen Licht.
– Vom kaiserlichen Lager
Atem der Geschichte.
Im Nebenzimmer
wird ein Riegel zugemacht.
Dann sieht man

auf der Treppe
im Vorübergehen ein Gesicht.
Und von den Wäldern drüben:
Wetterleuchten in der Nacht.
Wie stumm die Gegenstände sind.
– Aus Wien
mit kaiserlichem Siegel
kam der Brief.
Die Nachricht von dem Tod des Mannes
und dem Sieg der Schlacht.

*) Scutum Sobieski: Schild des Polenkönigs Jan III. Sobieski. Johann Hevelius (1611 - 1689) gab zu Ehren des Retters von Wien vor den Türken einem (von der Milchstraße überdeckten) neu entdeckten Sternbild zwischen „Adler“ und „Schütze“ diesen Namen.

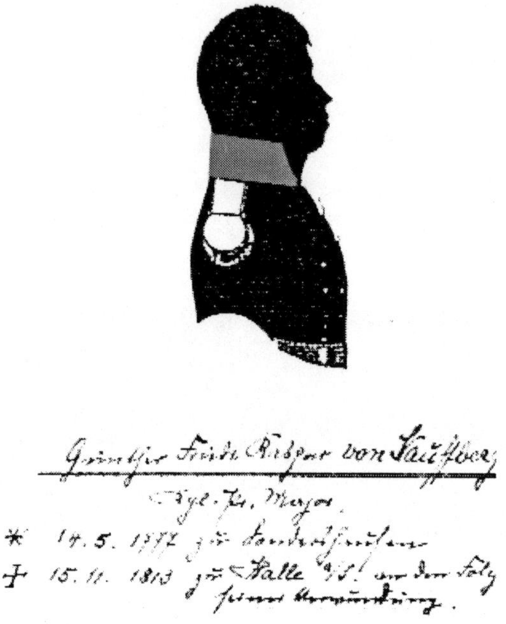

Günther Friedrich Kaspar von Kauffberg
Vorfahre: Teilnehmer und Opfer der
Napoleonischen Kriege

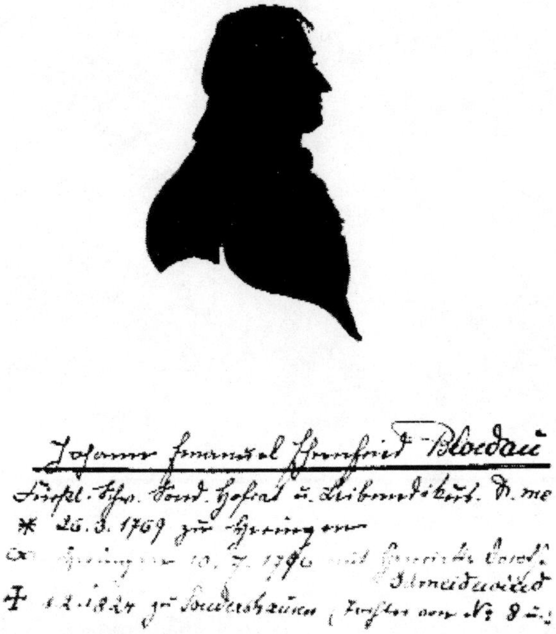

Johann Imanuel Ehrenfried Bloedau
Vorfahre und Zeitzeuge

Sondershäusischer Historien-Kalender auf das Jahr 1806

10. Monat.	Oktober.	Aufg. u. Unterg.	Mondeswechsel. Witterung.	Sonnen Auf- und Untergang. Messen und Jahrmärkte.
1 Mittwoch	Remigius	6 34		☉ Aufgang.
2 Donnerstag	Leodegard.	7 32		Den 1. 6 Uhr 14 Min.
3 Freitag	Maximilian	8 30		= 8. 6 = 27 =
4 Sonnabend	Franz	9 35		= 16. 6 = 43 =
41. Woche.	18. Trinit.		Vom größten Gebot, Matth. 22.	= 24. 6 = 59 =
5 Sonntag	[illegible]	10 49	☾ Letztes Viertel	☉ Untergang.
6 Montag	[illegible]	N. M.	Den 3ten Okt. 8 Uhr 41 Min. Vormittags.	Den 1. 5 Uhr 45 Min.
7 Dienstag	Pelagia	0 10		= 8. 5 = 32 =
8 Mittwoch	Amalia	1 34	Schönes Herbstwetter.	= 16. 5 = 16 =
9 Donnerstag	Dionysius	3 0		= 24. 5 = 0 =
10 Freitag	[illegible]	4 24		Messe und Jahrmärkte.
11 Sonnabend	Burghard	5 57		1. Cassel. [illegible]
42. Woche.	19. Trinit.		Vom Gichtbrüchigen, Matth. 9.	
12 Sonntag	Ehrenfried	N. M.	● Neumond.	
13 Montag	Wendelin	5 39	Den 13. dieses 0 Uhr 33 Min. Vormitt.	
14 Dienstag	[illegible]	6 14		
15 Mittwoch	[illegible]	6 30	Veränderlich.	
16 Donnerstag	[illegible]	7 51		
17 Freitag	[illegible]	8 51		
18 Sonnabend	Lukas Ev.	9 55		
43. Woche.	20. Trinit.		Vom hochzeitl. Kleide, Matth. 22.	
19 Sonntag	[illegible]	11 3	☽ Erstes Viertel.	
20 Montag	[illegible]	M. M.	Den 14. dieses 11 Uhr 2 Minut. Vormitt.	
21 Dienstag	Ursula	0 10		
22 Mittwoch	[illegible]	1 10		
23 Donnerstag	Severin	2 25	Unbeständig und nebelicht.	
24 Freitag	[illegible]	3 38		
25 Sonnabend	[illegible]	4 43		
44. Woche.	21. Trinit.		Vom königlichen Sohn, Joh. 4.	
26 Sonntag	Amandus	A. M.	● Vollmond.	
27 Montag	Sabina	4 33		
28 Dienstag	Sim. Jud.	5 1	Den 2[illegible]. dieses [illegible] Uhr 2[illegible] Minut. Nachmit.	
29 Mittwoch	[illegible]	5 42		
30 Donnerstag	[illegible]	6 33	Windig und Regen.	
31 Freitag	Reform. F.	7 33		

[illegible] Göttingen. [illegible] Blankenhain. 27. Gräfenthal. [illegible] 28. [illegible] Frankenhausen. [illegible] Wehe, 29. [illegible] 31. Buttstädt.

Den 14 Oct: die Schlacht bey Jena

Den 17 [illegible] Sondershausen von den Franzosen geplündert

2 Thl: 12 gr den 25 Oct:
2 — 12 — den 26 —
2 — 12 — d 27 —
2 — 12 — d 28 —
2 — 12 — d 29 —
2 — 12 — d 30 —

Historischer Kalender 1806
Eintrag der Schlacht von Jena und deren Folgen
für Sondershausen
J.E.E. Bloedau, 19.X.1806

Reiseaufenthalt (1986/1806)

Oktober.
Auf dem Weg nach Weimar.
Herbstliche Allee.
Ein Gehöft.
Nasses Gesträuch,
Astern
und der verfallene Zaun.
Geruch nach Pferden,
Leder und Reisewagen.

Es ist alles unverändert.
Das Haus, die Messingbeschläge,
die Treppe, die Zimmer;
der Blick aus den Fenstern.

Und draußen der Weg,
auf dem am 11. Oktober 1806
die französischen Truppen
von Saalfeld nach Norden zogen.

Ein Angestellter
erklärt Tapeten, Bilder,
Waffen an der Wand.
Die Möbel
und das schwarzburgische Wappen.

Dann redet er
vom Weltraumflug,
von Marx und von Kolchosen.

– Ich denke dabei
an das Empire in Paris,
an Napoleon.
An Bilder von Gros, David, Gérard.
Ich denke an Wien,
an Neapel, an Nelson, die Hamilton.
– Und wie aus der Ferne
höre ich den Marschtritt
der Grognards, der Dumanets,
der Jean-Jeans.
Im wilden Trommelschlag
noch das „ça ira“.
Vom Tanz auf den Brücken
das blutige Echo
im Takt der Kolonnen.
Bis in die Ebenen.
Waldwege, Baumgruppen, Bäche.
Kanonendonner.
Treffen der Heere.
– Ich denke
an die Kühle
der Mausoleen
aus vergangenen Frühlingen.
An Canova, Schadow,
Thorwaldsen, Rauch.
– Und ich denke an sie.

An den Tag ihrer Begegnung,
als er
mit den preußischen Truppen kam.
An ihre hübschen Augen,
ihr Lachen.
Und das Gartenhaus,
im Hintergrund auf dem Bild.
– Ich denke an den 11. Oktober,
nordöstlich von hier.
Vom Mühltal Kommandos und Wagengeräusch
und der Schein
der Lagerfeuer der Franzosen.
– Später.
Mitten im Feld.
Zwischen Zügel und Handschuh
in der jungen kalten Hand
das Blatt Papier.
– „Geliebte Blanche!
Es wird hell.
Vom Lager drüben
sieht man nur noch
Rauchsäulen zwischen den Bäumen.
Die Pferde sind unruhig.
Fahnen wehen auf.
Im Frühlicht
die ersten Signale.
Morgen, liebste Blanche,
schreibe ich Dir, ob an ...“
– dann ist das Briefpapier leer.

Das weiße Treppengeländer.
In der Diele die Sonne.
Spiegel und Leuchter.
Noch immer 1806?

Draußen sind die herbstlichen Wälder
Thüringens.

Ich fahre weiter
nach Weimar.

1969

Idee des Materialismus

Frei
wie Verfügbares
führt die Zeit
in die Weiten
der absoluten Physik.
Als ob es endgültig sei,
scheint es
wie Wahrheit und Glück,
weil es die Lichter kennt,
die es als Rationales begleiten.
Während es selber
sich still nur Materie nennt.
– Mit ihm steigt
aus der Tiefe
neue Vernunft und Erregung.
So als sei es Gestalt;
wenn es sich über uns neigt,
nüchtern und süß.
Doch es ist Teil
aus der Urbewegung
und alt.
– Schrei
nach Gerechtigkeit.
Freiheit,
die sich uns gibt
als das machbare Sein.

Nicht verlogen und Schein-
Paradies.
– Tief von Ideen versucht
ist sie in Gleichheit verliebt
und in Erklärbarkeit.
– Dunkel bedrängt,
wie sie meint,
von den Atavismen des Ichs
und dem Neid
imaginärer Gottheit,
die sie verflucht.
– Sie aber sei
der Teil von unserem Wesen
der nach Wahrheit schreit.
Wir, sagt sie,
müssten sie,
dann
will sie uns erlösen.

1983

Athenische Kore

Athenische Kore
(um 500 v. Chr.)

Wer immer sie auch war:
ein Mädchen
aus den Gassen von Athen?
Von Kreta?
Aus Korinth?
Oder nur Phantasie?
Vom Meer – das Weh'n?

Als wären in der Stille um sie
Mythen
aller menschlichen Begriffe.
Die Liebe
und die Dichtung.
Der Lorbeerhain.
Der Ölbaum
und die Schlacht.

Halb Botschaft – halb Legende ferner Schiffe.
Das Unberührbare der Zeit.
Der Herd.
Die Quelle.
Und der Zeiten Ende.

Doch in der Helle
dieser steingewordenen Idee
(die nur geschichtlich noch

an Fernes und Gesänge denkt)
leuchtet das Endliche der Harmonie,
das seine eigene Vollkommenheit beschließt.

Bis auf das Lauschen, das nach innen drängt;
die Stimme suchend,
die auch sie
als Unvergängliches umschließt.

1965

Sonnenaufgang in Delphi

Die Nacht ist voller Tau.
Die Stille der Unendlichkeit
von Raum und Zeit
gleicht hier
den Sphären aller Harmonie.
Denn ewig,
wie vom Meer
und von den Höhn der Berge,
steigt die Geschichte
aus den Sternenbahnen.

Allmählich weicht das Blau
des Dunkels und wir ahnen
das erste Licht.
Der neue Tag beginnt.

Über den Nebeln
weite Horizonte,
Klarheit und Morgenwind.
Die Reflexion wird traumlos,
wo die Götter sind.

1967

Interkontinentalflug

Am Rand der Leere
Weite der lebendigen Empfindung.
Das Licht der Wolken
reflektiert den Tag.
Und selbst die Erdenschwere
dunkler Überwindung
verwandelt sich in seltsam Lächelndes,
das unterlag.
Unendlichkeit wird zauberhafte Nähe,
und an den Küsten aller Kontinente
rauscht das Meer.
Das Denken gleitet mit dem Blick – als sähe
es von jenen Ländern her
die Sternenstunden der versunknen Reiche ziehn.
Das Kommen aus der Nacht,
das Leuchten und Verglühn.
Den Schritt der Heere und der Karawanen.
Und vor dem immer wieder letzten Schweigen
das überall nach fernen Sternen Zeigen,
in denen alle jenes Ewige
des großen, wunderbaren Lebens ahnen.

1964

Gewissheit

Und aus den Räumen der Geschichte
hallt es wie ein Echo wider.
Es scheint
als flack're Licht,
endlos
vorbei an Reihen;
und es würde ab und zu
ein längst versunkener Bereich getroffen.
Doch nichts ist mehr zu sehn.
Nur Dunkel.
Staub der Gräber.
Todeshauch.
Rings an den Mauern
bricht sich leer der Schall.
Und doch,
sie sind noch da
und ihre Särge offen.
Weit unter ihnen
kreist die Erde
in den Tiefen
einer Nacht im All.

1966

Wahrnehmungen

„Ein Weg ist ein Weg auch im Nebel."

Max Frisch, Der Mensch erscheint im Holozän,
Suhrkamp Verlag, 1981, S. 90

Freiheit

Schutzlos
in den Zwangssystemen
der Massen
die goldene Unsterblichkeit
der Treue.

Einsam,
wie der Ruf einer Amsel
im Lärm der Großstadt.

Momente des Staunens
in einem Kreis von Stille
vor der befreienden Schönheit
des Ewigen.

1966/2000

Weltenlauf

Und unbekümmert zieht
die Erde ihre Bahn.
Und irgendwo auf ihr ist immer
Tag und Nacht und blüht
ein Blumenmeer, und Regen fällt;
und Schnee und Sommer,
Lachen und der Tod.

Gelassenheit der Ströme
zwischen Urwalddickicht
am Rande einer heißen Tropenwelt.
Kristallisierte Einsamkeit
der Felsentäler
in die das Licht
aus weiten Himmeln fällt.
Endlose Wüstenhorizonte.
Und Wolken.
Und das tiefe Blau
um Insel-Ufer und besonnte,
verlass'ne Hänge –
und der Städte Bau.

Der Traum.
Die Wahrheit.
Und das Geld.
Das nahe, ferne Reich der Tiere.
Das Meer.

Die Kirchen
und die Unterwelt.

Und deine Schritte und die ungezählten,
die vor dir waren und die neben dir.

Und alles wird,
so wie es kam,
vergehn ...

1963

Wert der Fragmente

Was man so dachte
vom Glück,
in sehr irdischen Träumen
war kein Betrug.
Auch wenn man es später verlachte,
weil man das Wort von den blühenden Bäumen
nicht mehr ertrug.

Man kann es ja doch nie vergessen.
Denn es war auch die törichtste Liebe
kein Experiment,
das sich nicht lohnte - nur weil man ermessen
konnte, dass nichts von alledem bliebe
als ein Fragment.

Trau' dem Gewissen,
wenn es Erfolgslachen flieht.
Was wissen wir schon,
warum alles geschieht.

Nimm an, was liebenswert macht,
sei dein Gewinn.
Mitleid, das leise gesprochen
wenn es
die fremde Elende sieht.

Und das Eine nur,
was die Hoffnung gedacht,
als es das Herz dir gebrochen
wäre dein Sinn.

1963

Die Bevorzugte

Sie kennt das Hoffen um sich;
denn so,
wie die Verteilung der Statistik,
blind,
ragt ihre liebliche Erscheinung
weit
aus dem Durchschnitt
einer Kasuistik
junger Weiblichkeit.

Es wechseln Charme und Anmut,
wie in einem Labyrinth
mit ihrem Sex-Appeal,
vor dem sogar
das Wünschen schweigen müsste.
Als ob ihr Lächeln
die Vergleiche wüsste,
ist sie so weiblich,
wie nur Phantasien sind.

Mir ist, sie stände
wie in einem großen Raum.
Allein
und unbeschreiblich schön.
Und alles wäre
wie für ein Journal,
das viele sehn.

Und jeder wisse,
wie sie ist,
ist wie ein Traum,
den sie den anderen entwende.

1968

Kumpel

An ihrer Existenz
verändert
kein politisches System etwas.
Nicht einmal einen Rahmen
haben wir geschafft,
aus dem nicht überall
der Edel-Egoismus gafft,
und der
dem Wesen ihrer Art gerecht.
Denn unser Mitleid
können sie - und wollen's nicht
ertragen. Im Gegenteil,
sie protzen gern mit ihrer Kraft.
Und gäben – wenigstens im Suff –
ihr letztes Hemd noch weg.
Uns
würden sie nach unsrer Tätowierung fragen
und uns belehren,
wie man Weiber
und sich Geld verschafft.
Und jeder weiß, selbst hierin sind sie schlecht.
Es reicht bei ihnen nur
zum Schmiere-Stehn.
Und die Ganoven nennen sie
(zu Unrecht oder Recht)
die Hunger-Pisser oder Krätzer.

Dabei erhoffen sie
nur Anerkennung,
wenn sie an der Theke stehn.
Sie sind (verhältnismäßig) harmlos;
letztlich nur
die Schnaps- und Fußball-Schwätzer.

– Und weil sie eigentlich
so gar nichts sind,
nur solche, die mit leeren Händen
durch das Leben geh'n,
bleibt,
in der Armut der Verlassenheit
die Hoffnung;
sie und uns,
sprich alle Strolche,
wird Gott der Herr
schon sehn.

– Am Stadtrand
zwischen Hochbeton
und Vorstadt-Gleisen,
schellt's im Parterre
bei Nummer 10.
Doch weit und breit,
nicht einmal bei der Straßensperre,
ist irgendwo ein Mensch zu sehn.

1989

Szenarische Sätze

Direktor,
junger Arbeiterin nachschauend.
Durch Kleidung geahnte Körperlichkeit.

Sehnsucht nach Jugend.
Schlafende Mönche.

Sommermorgen im Gebirge.
Offene Fenster und Türen.

Empfundene Nacktheit in Badezimmern.
Verwelkte Blumen in einer Vase.

Singende Deutsche mit Hunden.
Leere Tische an abendlichem See.

Todkranker, schlafend.

In konventionellem Gespräch
verborgene Hoffnung auf Anerkennung.

Erhöhte Lebensgefühle.
Körper und Sternenhimmel.

Verständnis
für die Kompromisse des Alltags.

1973

Bild 15
Arktis

Im Norden.
Ferner noch als die einsamen Seen
im Farbentraum Islands.
Weiter als die letzten, felsigen Berge,
mit Kieferngestrüpp
und dem wehen Schrei der Eisadler.
Wo Wildheit schon lange schweigt
und nur selten der Tritt
weißer Felltiere
über die Schneefläche gleitet.
Da bleibt, von allem verlassen,
nur noch die Landschaft.
Eisberge – Nebel.
Und wie ein roter Ball
die Sonne
über den see-grünen Wassern.

1950

Bild 16
Gemalte physikalische Abläufe

Die Reflexion
sensibler Nachempfindung
ruft in dem Kraftfeld
stummer Galerien
die Material-Magie
als Bilder auf.
Was dem Entdecker kühle Formel schien,
das oszilliert ästhetisch
als ein Formablauf:
die elektronische Spiralstruktur,
Kosmisches tönt
wie Schwingungsphänomen.
Die Grundkonstanten der Natur
sichtbar gemacht als Es-Schicht
und historisch zu verstehn.
Die Psychologen gieren,
solchen Inhalt zu erhellen.
Moderner Höhlenzug und Impression.
Das Los bleibt sowieso Intellektuellen,
bis in das Wesen aller Konstruktion.

1962

Bild 17
Augenblicke

Die Haupt- und Staatsaktion
in der Verkleinung.
Den Spießer
lähmt die Schönheit unbewusst.
Die Uhr gebiert
das Schlachtfeld und die Meinung.
Des Ekels Millimeterabstand
reguliert die Lust.

Der Akt schaut stumpf.
Er weiß sich nicht als Traum,
nur lebend – und als Rumpf
und gebend.
Und von der Seite schau'n
zwei Augen, die ein Neonlicht
bescheint.
Das Kind, das weint,
sieht, wie sein Spiel zerbricht.

1965

Alltage der späten Jahre

Fast unmerklich
verliert sich
das Selbstverständliche des Lebens;
und es erhebt sich stumm
unser Abfinden
mit der Vorläufigkeit
von allem, was ist.

Vergangen auf einmal
frühe Cembaloklänge,
Talblicke, Stadtgänge.
Anders zwischen Zeit und Erfahrung
Körper und Wesen des Weiblichen.
Tage und Nächte
und das Humane.

Ist mit dem Erkennen etwas getan?
Wissenschaft.
Bilder.
Dichtung.
Musik –
Dem Eigentlichen
versagt sich die Sprache.
Das Weltall.
Die Treue.

Oder das unschuldige
Noch-nicht-Wissen
eines spielenden Kinds.

Einsam schwankt das verlorene Licht
ins Dunkel.
Die Neuen drängen
in die Gatter der Welt.
Und auch für sie,
mitten in der Nähe
der Aktualitäten,
Ahnung um die Vielen,
die die Lichter sahen
und (außer den Genies)
vergessen sind.

Das Leben ist tiefer,
herrlicher,
klassischer als wir gemeint.
Vor dem schweigenden Gott
öffnet sich zögernd die Hand.
Tränen der Freiheit.
Alles geht seinen Gang.
Später gleitet sogar das Alter
aus den leeren Händen.

Dank bleibt
und
Hoffnung.

1969 / 2000

Übergang

Südlich von Rom.
Die Nähe
des geschichtlich hohen Himmels
weicht.
Die Elegie des Ruhms.
Der Stolz der Sonnenuntergänge,
in deren Rot
das Schweigen tiefer reicht,
als in das längst verklung'ne Handeln
und in den Marmor
der Vergangenheit.

Der Süden führt
den Wind,
das Meer,
das Licht das ihn gebiert.

Und plötzlich wandeln
sich die Farben und das Land.
Vom Rand
der Felsen,
Weit der Horizonte,
vor denen sich
im Ölbaumschatten
und dem Abendrot der Herde
das ländliche Lateinische

in Resten
des vergang'nen Griechentums verliert.

Und von den odyssee'schen Küsten
das Kap der Circe.
Häfen
und Erinnerungen.
Die Stätten früher Christen,
die die Jünger noch geseh'n.
Der Brunnen.
Brot und Wein.
Die off'ne Tür ...

Aus östlich fernen Räumen
steigt das Licht.
Es öffnet sich
und unsre Hand.
Und es verlischt im Meer,
in Wolken
und im Dunkel
des Geästs von Dornen-
und von Lorbeerbäumen.

1968

Getrostes Lamento

„Giulio, ich will dir sagen, was du tust“, sagte er leise, aber eindringlich. „Du stirbst an einem persönlichen Kummer zu einer Zeit, wo jeder nur am Kummer aller sterben darf.“

Ippolito Nievo, „Pisana“,
Suhrkamp Verlag 1957, S. 527

Seit Abel und Kain

Im Bereiche der Macht
gibt's eigentlich nie
Novitäten.
Variationen vielleicht
und das Problem
der Spezialitäten.
Aber die Automatie der Lüge
hat niemand bisher erreicht
zu umgehn.
Dementsprechend haben
die Wege nach oben
sich nur methodisch
(mitunter) gewandelt.
Immer ist einer der handelt
und die, die ihn loben,
um sich zu halten.
Aber für die,
die an den Gewalten
dann leiden,
bleibt alles beim Alten.

1962

Feststellung ohne Gegenvorschlag

Tierschädel im Schlachthaus.
Geruch nach nassen Steinfliesen.
In den Rinnen der Abflüsse
wasserverdünntes Blut.
Saubere Schläuche an Haken.
Häute, Sehnen,
Fettreste und Kot
in Abfalltrögen
neben den Schiebetüren
aus Eisen.

Wiesen im Sommer.
Kornfelder.
Tränke,
weidende Tiere.
Stiller ängstlicher Blick.
Abend und Waldrand.
Stall-Licht im Hof.

Jagdhörner.
Schüsse im Wald.
Lichtung und Schilf.
Hirsche.
Sauen.
Und im Herbst die Fasanen.

Leben.

1974

Bild 18
Varia

Fischschwärme
ziehen im Golfstrom
nach Norden.

Hinter einem der Fenster
der Medizinischen Klinik
in Hamburg–Eppendorf
liegt eine junge Frau im Sterben.

Zart
hebt sich der Morgen
über der Küste Irlands.

Am flachen Ufer
eines Dschungelgewässers
krabbeln Käfer auf einem
verwesenden Tiger.

In einer Dachkammer in Paris
zwischen Kissen
und der Leinwand,
auf der er sie malen wollte,
liebt sich ein junges Paar.

In den vatikanischen Gärten
wandert langsam das Sonnenlicht

zwischen den Zweigen einer Zeder
über den Rand eines römischen Brunnens.

In der Hotelhalle
des Waldorf-Astoria in New York
begrüßt der Empfangs-Chef
die Gäste
einer soeben ankommenden
Hochzeitsgesellschaft.

Um die Felsen des Nordkaps
kreisen Schwärme
schreiender Sturmvögel.

In den Seitenräumen
der Gemäldegalerie in Berlin
zeichnet die Nachmittagssonne
Reflexe auf Bilder
des französischen Rokokos.

Auf der Melchiorstraße
in München
liegt in einer Lache Blut
ein totes Kind.

Über die Fläche des Tanganjikasees
gleitet ein Boot.
Die Ruderstäbe
tauchen in das flache Schilfwasser.

In der warmen Abendluft
wiegen sich die Blätter
der Kokospalmen am Strand.

Auf der Gleisanlage
eines polnischen Landstädtchens
springt der Zeiger
der erleuchteten Bahnhofsuhr
klickend in Abständen
von je einer Minute.

1968

Erklärung

Ein Teil
aller Tätigkeit
ist nur bedingt,
weil uns das Bauen
auf jenem Schweigen misslingt,
das nicht nur Zeigen
ist, sondern Vertrauen
zu dem Versprechen
des ewigen Ziels.
Dem mag ein stilles
unbemerktes Verneigen
näher sein
als Worte
die fallen und steigen;
und die ja auch kaum
mehr sind als
Ausdruck erregten Gefühls
im literarischen Raum.

1965

Das Lebendige

Einbruch
ins rhythmische Gleichmaß
archaischer Urbewegung
Variante
eherner Polarität.
Lächelnder Ausspruch
alles vergeblichen Strebens
der Geometrie
ist das Lebendige.
Alles
vom Grund bis in die letzte Stufe
blieb
unverändert in sich
- und bis ins Höchste gewandelt.

Vesuv
Tagebuchnotiz

9. August 1968
19 Uhr.

Kraterrand des Vesuvs.
Höhenwind. Geröll.
Erkaltete Lava.
Tödliche Stille.
Nur im Krater
rieselt ab und zu Asche.

Nähe des Vergangenen.
Als für Stunden
das fröhliche Licht versank
und aus der Tiefe
der Grund aufbrach.
Titanengebrüll
über die Weite des Golfs.
Glutwolkennacht
über Landschaft,
Villen und Gärten.

Jetzt:
Abendluft,
kühle Dämmerung
bis zu den Weinbergen.
Unten die Lichter der Küste.
Goldenes, blaues, dunkles Meer.

In der Ferne
Ischia und Capri.
Schwarz-violett
gegen den südlichen Himmel
die Linien des Gebirges.
Im Land,
als Umriss nur noch
der Schatten Pompejis.

1968

Quattrocento

Wie Silhouetten
gegen einen hellen Abendhimmel
die Hügel Mittelitaliens.
Verwildert und verlassen
die Gartenstufen
und Paläste
aus der Renaissance.

Vergangenheit der Sommer
um den Glanz,
die Morde und die Liebe.
Im lauen Wind
das Neigen der Zypressen.
Die Spuren ihrer Herrschaft
und die Bauten.
Als ließe sich ihr Leben nie vergessen.

Die Räume, die Skulpturen
und die Dichtung,
wie zum Klang der Lauten.
In hohen Sälen
Terrakotten und Fayence.

Das Unverlierbare,
das sie gemeint,
schweigt in der Stille ihrer Bilder.
Ein erstes Finden

und ein erstes Küssen.
Umgeben von den Wappen ihrer Macht.

Die Schönheit,
die sie mit dem Leben
und dem Abgrund eint,
scheint noch im Laster
und im Tode
um das Heilige zu wissen.

In leeren Räumen
wechseln Tag und Nacht.

1969

Engpass

Dass sich dein Sein,
so falsch verstanden,
ins Denkerische überführt;
das Leben liebend
kam es dir abhanden im eignen Inn'ren,
das sich distanziert.

Man soll das Schreiben einmal bleiben lassen
und sich bescheiden, wie die vielen andern.
Alles ist Wirklichkeit, und viele Straßen
führen zu Zielen, die wir nicht erwandern.

Und nicht mehr fragen, was wird kommen;
es grünt, es blüht, es welkt das Laub.
Denn was die Zeit in ihren Schoß genommen
wird bleich und es verlöscht im Staub.

Ach, hier auf Erden
stirbt die Gottheit an sich selbst.
Denn nicht nur was sie schuf
vergeht,
auch das, was das Geschaffene begreift,
stirbt daran,
dass es eben dieses fühlt.

1960

Metallische Minute

Sommermorgen.
Autobahn.
Metallglanz und Technik
als spielerische Kraft
der Maschine.
Zugwind weht
in Kleidung und Haar.
Lebensgefühl
der Freiheit.
Lächelnde Ferne.

Plötzlich
der titanische Schlag.
Splitter,
Staub.
Heißer Metallgeruch.
Risse zerfetzen den Willen.
Fall
in die Nacht.
Tiefe Vergangenheit.
Schulhof.
Karussell-Musik.
Parfümierte Schokolade.
Schnee ...
Im Gras klebt Blut.
Stimmen (draußen?).

Kaltes,
pulsendes Dunkel.
Immer noch Stimmen.
Die Schwäche dreht sich
in nächtliche,
hallende Räume.
Licht?

1985

Grau

Die Strecken,
die im Einfach-nur-Gelebtsein
mit uns gehen.
Das stumm geword'ne
Weitergehn
ohne zu wissen eigentlich
warum.

Ergraut und hilflos
steh'n im Gewohnten
die Erfahrungen herum.
Und doch ist alles noch
die gleiche Wirklichkeit.
Man fühlt sie
weit,
als sei ihr Glanz gestohlen.

Die graue Straße
hätte man gern hinter sich
und ahnt doch
ihre Botschaft
kann nur unsre Hoffnung
überholen.

1987

Lebendiges

In den Gen-Ketten
gittert die Information
des Lebendigen.
Klettert, elektrische Netze spinnend,
zum Typ seiner Entelechie.
Erscheinung, Talente,
Gebrechen und Tod.

In den Peptidketten
oszilliert das Leben.
Steigt, Pulse summierend,
in die Ströme des Lichts.
Höherer Resonanzen bewusst,
fügt es sich kybernetischem Sein.
Götterträume gebärend.
Blüten, Gefieder,
aphrodisischer Glanz.

De facto
und nur (?)
nach Wahrscheinlichkeiten verteilt,
realisiert es sich in der Zeit.
Einem göttlichen Willen zufolge
kausal.
Vermutlich notwendig.
Nicht selten banal.

Und doch
von berauschender Herrlichkeit.

Nur Abschied und Totengebein
ermöglicht das
Alles-einmal-Gewesensein.
Und Zeit.
Gärten
und Wüsten der Hoffnung.

1964

Reiseerlebnis

Die schöne Irin.
Kühles, grün-blaues Meer.
Morgensonne, Wiesen,
sommerliche Bäume im Park.

Fast ein boticellinischer Typ.
Anmut ist jede Bewegung.
Tennisdress, Lächeln
und das junge,
duftende Haar.

Hotel Atlantik.
Offenes Fenster.
Wolken und Himmelsblau.
Draußen Amerikastimmung.
Schottenrot ihrer Lippen.
Mit nackten Beinen
lehnt sie am Fenster.
Flucht nach Kythera.
In Mohnfelder fallendes Kleid.

Heute
gekacheltes Badezimmer.
Kühle Nacktheit.

Sommertagstraum.
Bath Seba und Davidschmerz.
Flimmernder Weltnacht
Verführungsschweigen.

Fensterwind schlägt
helles Grün ihrer Tür.
Zwei-Zigaretten-lang
Baudelaire'sches Allein.

Als sie kam,
ahnungsvoll, ahnungslos
tranken wir Devonshire Tea
in der Halle.

1963

Interim

Ich rauche immer noch eine
und trinke wie Li T'ai Po,
plagiate nach Heinrich Heine
und dresche das leere Stroh.

Weil alles, was ich gedacht:
die Lehren, die Kunst und der Grund
nichts hilft.
Und die Liebe Licht ist und Nacht.
Und ihr Opfer so todeswund.

Arme Worte, taube Zeichen,
die sich selber nicht vertrau'n.
Ach - die körperliche Schönheit
junger Mädchen, junger Frau'n!
Und wie sich selber reichen.
Blühen,
leiden und erbleichen.
Und ihr Lächeln und ihr Schau'n.

Und daneben Welt des Grauens:
Elend, Armut, Madenfraß.
Ach – das Denken unseres Bauens
findet nie zu Sinn und Maß!

Und das Altern und Verlieren
und der blinde Gang der Uhr.

Und das Kranksein und Krepieren.
Todesschrei der Kreatur.

Drum raucht man immer noch eine
und trinkt wie Li T'ai Po,
plagiatet nach Heinrich Heine
mit ausgedroschenem Stroh.

1961

Die Fleischgärten Frankfurts

Vielleicht
muss das gelegentlich sein,
was Testosteron mit uns macht.

Verführung.
Bahnhofswelt.
Babygesicht.
Selbst wenn die Wirklichkeit
nur noch mit Geld
kittet, was da zerbricht.

Frankfurt,
abends um acht.
Großstadt, Reklame und Flimmerlicht.

Straßengefühl.
Mitten im Menschenstrom – einzeln,
allein.
Nachthell zwischen dem Stehflipper-Schein
und dem Frittenverkauf,
provokant und bereit:
tausendmal
nackte Körperlichkeit.
Schön und gemein.

Häuser der Gründerzeit.
Bürgerfassaden, wo zwischen Seerosen

oben „Anno Domini“
und 1900 noch steht.
Unten Bordell an Bordell.
Nicht allein
Theken und Schau.
Heißes Geschäft
mit Drogen und Sexualität.
Zwischen Neon- und Leuchtröhrenglühn:
Pornoshop.
In Regale gestellt
Bildersex. Manneskraft.
Obszönität.
Scheinbar lässig davor,
schweigend und anonym,
suchende Gier.
Kundschaft, die sich an Photographien
und die Milieu-Filme hält.

Drüben,
was sich dort zwischen
Straße und Haustüren drängt!

Nein – da
in den Gängen:
Kinderstrich,
der sich für Geld
billig-teuer verschenkt.

Plötzlich und grell
kläfft

Flitter in Hellgrün und Rot.
Mitten im Dreck,
auf den Stufen liegt
halbzerrissen ein Führerscheinheft.

Drinnen das Samtlicht
in Schwarz-Violett
lesbische Zärtlichkeit.
Mädchenbett,
heiß und erregt.
Wollust als Perversität.

Nebenan
sitzen sie aufgereiht
an der Bar.
Schöne und weniger schön.
Immer bereit
für den Mann, der bezahlt.

Dazwischen unmerklich
wie Risse in Lack
spätere Not.
Abgetragene, schäbige Schuh.
Ganovenpack.
Müllhalde. Tod.

„Bist du sie leid?"
fragt die
mit dem rötlichen Schimmer
im Haar,

während sie müde blasiert
ihr Sektglas
mit Zigarettenasche beschmiert.
„Komm, geh mit mir", sagt sie plötzlich,
und geht auf ein Zimmer mit ihm.

Und sie tun,
was man tut.

Später beim Bier,
Beichte der Wurschtigkeit.
Aber im Grund
ist sie hilfsbereit
und irgendwie – gut.
Wo sie wohl wirklich wohnt?

Endlich die Tür.
Draußen die Dunkelheit.
Am Himmel der Mond.
Morgens halb vier.

1982

Bild Nr. 14

Sommerlicher Nachmittag
in einer Großstadt der westlichen Welt.
Fülle von Leben,
Schönheit und erregendem Vergleich,
als sei das Überideal
eine Selbstverständlichkeit.
Die Metall-Glas-Kühle der Technik
verschwendet die scheinbare
Schwerelosigkeit ihrer Ästhetik.
Farben, Blumen
und die Variationen der Frauen.
Wachtraum der Szenerie des Gefühls.
In den Boulevards
hin und wieder braune Blätter
auf dem Asphalt.

Aus den silbernen Adern
blühen die Körper.
Erst in einsamer Nacht
weht in den Straßen der Wind.
Und es spreizt sich das Gelb
der Verwesung.
Über den feuchten Kanälen
der Mondschein.
Schwarzes Unkraut des Dunkels.

Und in den Ecken
klettern
lautlos die Spinnen.

1968

Stumme Nähe

Und plötzlich ist es Gegenwart
und da.
So als begegnet dir
in einem Bild, in einem Bauwerk
oder einer Melodie
das Leben einer früheren Zeit,
das längst in der Vergangenheit versank.
Und ist ganz nah
und dennoch unbegreiflich kühl und weit.

Gedröhn von Schlachten.
Gänge. Wendeltreppen.
Türen.
Die Augenblicke eines Fests.
Bis in das Zentrum alles dessen:
dem Gespräch zu zweit.

Und ewig unvergessen
die Geliebten.
Ihr Antlitz
aus dem Frühling der Schöpfung.
Umweht von der Nähe griechischer Meere
und den purpurnen Nächten am Nil.

Ach, und das tödliche Morgenrot.
Feldlager der Heere.
Schatten des Lorbeerhains.

Schweigen der Gräber.
Ackerdorn, Pinien und Eichen.
Und in Domen
steinernes Maßwerk
umflutet von Licht.

Näher und weltlich:
Säle und offene Fenster.
Florenz und Ferrara
oder der Hof
in flandrisch-burgundischem Stil.
Wappen am Mauergesims.
Damen und Herren.
Von den Wänden
schweigt jetzt ihr Bild.
Ein verklungenes modisches Sein.
Plötzlich zu Kunst
erstarrte Bewegung.
Lächeln und Geste des Augenblicks.
Galt ihr oder ihm noch ein Wort?
Stumme Musik der Lauten.

Und in den Höfen rauschen die Brunnen.

1966

Gebet

Du hast uns zu endlich gemacht
für die Unendlichkeit.
Zu klein für die Größe Deiner Wahrheit.
Zu ruhelos schon
für die Herrlichkeit des Lebens.
Zu schwach, um das was wir lieben
zu verstehen.

Und nur ein Weniges weniger
von dem, was Du uns gabst,
zeigt uns die Schrecken
des Nicht-mehr-teilhaben-Könnens.
Und wir ertragen es nicht,
weil wir an Dir zweifeln,
obwohl wir im Tiefsten wissen,
dass alles von Dir kommt.

Du kennst unsere Wünsche,
unser Denken und Fühlen.
Das Glück.
Das Unglück.
Und die hellen und dunklen Wege,
die wir gehen.
Du weißt, was wir empfinden,
im Alter
und in der Jugend.

Du weißt um die Sommertage
und die Abende am Ufer des Sees,
wenn von den Berghängen
der laue Wind fällt
und die Stufen zum Garten
noch die Wärme des Tages halten.
Du weißt um die Süße des Weins
aus den Tälern ringsum.
Um die Musik
und die Gespräche auf der nächtlichen Terrasse
unter dem Sternenhimmel.

Du weißt um das erste Finden der Hände,
um die heiße
und zärtliche Liebe.

Du kennst das Verstummen
und die Verlassenheit
vor dem Dunkel der Bahre.

Du kennst unseren Tod
und unsere Hoffnung.

Denn Du hast uns zu unendlich gemacht
für die Endlichkeit.

(1976)

Inhalt

Geduld der Hoffnung

Das überholte Licht

Wahrnehmungen

Getrostes Lamento